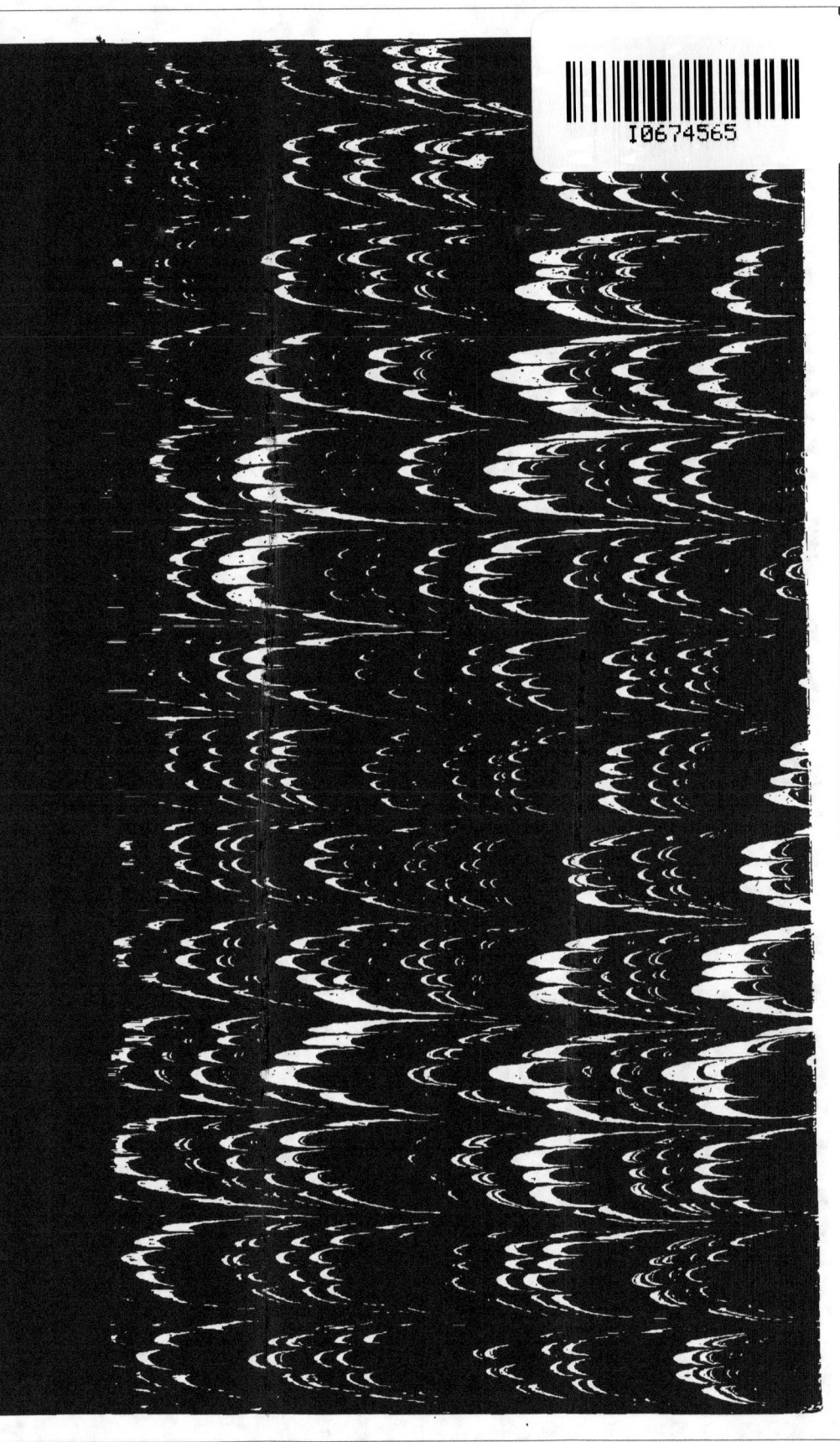

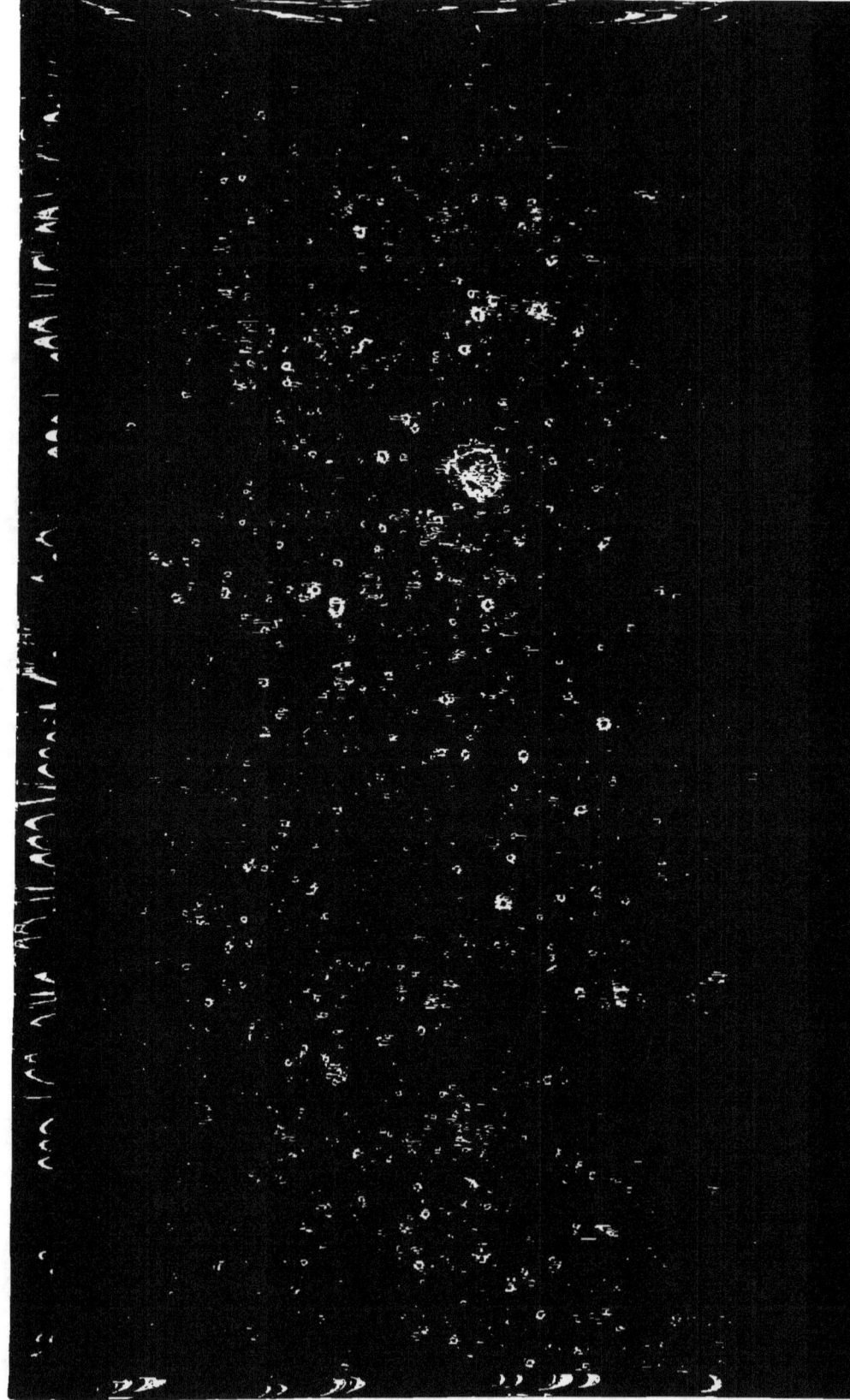

8° Z Le Senne 3226

LES MASQUES

DE PARIS

ESQUISSES SATIRIQUES

PAR ÉDOUARD STEVENS

Avec une Préface

PAR A. VEMAR.

PRIX 50 CENTIMES.

SAINT-QUENTIN.

DOLOY, LIBRAIRE-ÉDITEUR.

1858.

LES MASQUES

DE PARIS.

8°22 Janvier 3726

LES MASQUES

DE PARIS

ESQUISSES SATIRIQUES

LES VAUTOURS LITTÉRAIRES.
LA RÉCLAME LITTÉRAIRE ET SON TRAIN.
LES HOMMES D'ARGENT
(en deux études.)
LE SPÉCULATEUR INDUSTRIEL.
LE NÉGOCIANT RETIRÉ.

PAR ÉDOUARD STEVENS

Avec une Préface

PAR A. VEMAR.

PRÉFACE.

Vous aimez les livres, n'est-ce pas, chers lecteurs, et dès qu'un de ces mignons chérubins prend place au soleil de la publicité, vous le regardez avec amitié, vous le saisissez avec empressement et vous faites bientôt ample connaissance avec lui. Les livres ne sont-ils pas nos meilleurs amis, nous pouvons les consulter en tout temps, leurs discours ne varient pas et ils ne nous trahissent jamais, ils portent leurs titres sur leurs couvertures, on peut donc connaître leurs cœurs en voyant leurs visages, ce

qui n'est pas toujours facile à lire dans
l'espèce humaine.

Les uns élèvent notre âme, ils vous
parlent de la gloire et de la patrie, les
autres nous apportent l'espérance car
l'amour y rayonne à chaque ligne, ceux-
ci sont froids ils causent science et poli-
tique, ceux-là sont de charmants con-
teurs qui nous récitent les choses les plus
invraisemblables, mais que nous croyons,
car les traits et les vêtements des personnages mis en scène, les sites et la déco-
ration des habitations sont dépeints avec
une exactitude si scrupuleuse que le doute
n'est pas permis, l'auteur semble nous
dire à chaque page *je l'ai vu,* et nous
voyons avec lui. Oh! les livres sont nos
meilleurs compagnons, ils sont nos guides
dans la vie, ils en aplanissent la route

tout en nous montrant les roses et les épines du chemin.

Balzac, le romancier par excellence, a créé la littérature réelle qui dépeint nos mœurs tout en leur conservant une couleur poétique et grandiose, ses œuvres traverseront les siècles comme tout ce qui est grand et vrai et ses romans de mœurs doivent un jour raconter à nos neveux l'histoire de notre temps.

Après le grand écrivain, une pléiade de jeunes auteurs a voulu tremper sa plume à la même source, mais ils avaient de l'encre de *petite vertu*, et ils n'ont pu enfanter que le pâle *réalisme* qui ne sert qu'à faire ombre aux grands tableaux du maître; ils ont entassé descriptions sur descriptions, analyses sur analyses, et ils n'ont élevé qu'un édifice boîteux,

car leur style sans couleur et souvent
sans esprit se traîne lourdement terre à
terre et emprunte ses plus brillantes mé-
taphores à la langue de nos carrefours.

Il y avait une autre place à prendre et
mon ami l'a compris ; à un siècle aussi
égoïste et aussi matériel que le nôtre, il
faut des écrivains zélés, courageux, hon-
nêtes surtout et qui doivent souffleter au
visage tous ses *masques* hypocrites dont
les ron-rons et les courbettes déguisent
leurs infâmes trahisons ; honneur à la
littérature critique, à l'écrivain hardi qui,
armé du fouet de la satire, descend dans
l'arène pour flageller vertement les faux
bonshommes du jour ; c'est ce que mon
ami a fait. Le livre que vous allez ouvrir
n'est qu'une simple esquisse dessinée par
un jeune écrivain qui n'a pu voir sans

indignation les petites lâchetés de la
capitale; il a laissé couler sur le papier
toutes les larmes de son cœur; si elles se
sont changées en de belles et bonnes
perles aux scintillantes facettes, le lecteur ne doit pas lui en vouloir. Vous ne
trouverez dans cette petite lanterne magique que trois ou quatre verres, mais ils
sont peints d'après nature et d'une res-
semblance parfaite; comme il y a encore
bien d'autres tartufes à transpercer, il a
aussi en réserve d'autres flèches à lancer;
son bras est jeune et fort, sa plume est
vive et moqueuse, il a pris pour devise :
Je chatie les mœurs en les peignant, aussi
je ne doute pas un moment du succès de
son œuvre.

A. VEMAR.

PREMIÈRE ÉTUDE :

LES

VAUTOURS LITTÉRAIRES

DIALOGUE INSTRUCTIF

ENTRE UN ASPIRANT DE LETTRES

ET UN

VIEIL AUTEUR.

MARTIAL.

Ainsi, mon cher Candide, tu veux
embrasser la carrière littéraire ?

CANDIDE.

J'y suis décidé, tel est le but de ma
vie; être lu par les masses, être joué
sur un théâtre, communiquer au public
mes impressions, mes pensées, mes
rêves, c'est à quoi tendent tous mes
vœux.

MARTIAL.

Je comprends ton désir et le loue;
mais prends bien garde aux *vautours
littéraires*.

CANDIDE.

Les VAUTOURS, dites-vous; expliquez-
moi cette énigme.

MARTIAL.

Le VAUTOUR LITTÉRAIRE, cher ami,
est un homme qui, par ses actes de pira-

terie, ressemble le plus à l'oiseau de ce nom.

CANDIDE.

Ce n'est pas là, pour moi, une défini tion ; dites-moi au moins, cher maître, en quoi certains hommes peuvent avoir du rapport *avec ces oiseaux.*

MARTIAL.

Je vais te satisfaire, car ma conscience et mon devoir me forcent de t'initier aux roueries et aux vices du monde dans lequel tu veux te jeter.

CANDIDE.

Eh quoi ! dans ce nectar où se délecte la multitude la lie se trouve encore au fond de la coupe ?

MARTIAL.

O naïveté sublime, digne d'un meilleur temps !

CANDIDE.

Enfin expliquez-vous ?

MARTIAL.

Soit ; tu veux être homme de lettres,
Candide? mais il faudrait pour cela que
les lettres — c'est-à-dire les belles-lettres
— existassent encore ; la littérature,
Candide, n'est [plus qu'un mot ! Notre
époque industrielle l'a tuée ; les con-
cours des prix Véron, dont les primes
de dix mille francs sortent du laboratoire
pharmaceutique de la Pâte-Regnault, te
disent assez à quoi sert la littérature de
nos jours ; tout au plus est-elle bonne à

orner les enveloppes des bonbons pecto-
raux et digestifs à l'usage des gens à
catharres ou à gastrites.

CANDIDE.

Cependant jamais on n'a produit autant de romans qu'aujourd'hui ?

MARTIAL.

Je le veux bien ; mais quels sont ces
romans et sur quoi reposent leurs succès ? Nous avons d'abord le *roman fan-
taisiste !* roman à vingt sous , dont le
sujet pivote invariablement sur le scandale ou les mystères de l'alcôve. Est-ce
là de la littérature? Non. C'est de l'esprit érotique que le dix-huitième siècle
osait à peine publier, d'une façon clan-
destine, pour la délectation des gens aux
sens blasés et à l'esprit malade. — Nous

avons ensuite le *roman à aventures,* pastiche à deux, à trois ou quatre plumes, que le vautour littéraire signe seul au profit de son nom coté sur la *place du feuilleton,* comme une denrée sur les places des marchés et aux docks de M. Delamarre! — Est-ce aussi de la littérature ce genre de roman à la prose *abracacabrante,* fastidieuse, somnifère, dont chaque incident est prévu à l'avance, dont chaque surprise ne *surprend* plus personne, malgré le dédale incommensurable de ses tiroirs et de ses ficelles? Nous avons aussi le *roman de mœurs,* genre bâtard, entre le roman pâte ferme à feuilletons et le roman beurre frais, à vingt sous! Est-ce encore de la littérature que ces histoires hétérogènes où la caricature et la charge

s'allient à la prétention du genre analy-
tique; histoires décousues, grotesques et
impertinentes où le bourgeois est repré-
senté, de profil, avec un nez à la Cham
ou à la Daumier; de face, avec un profil
césarien? Non! Tout cela, mon cher
Candide, c'est du remplissage, du gà-
chis, du pathos; et, cependant, c'est le
genre bâtard de roman qui, aujourd'hui,
a le plus de prétention à la forme littéraire!

CANDIDE.

Comment! de nos jours la littérature
serait tombée à un degré si bas! dans
son sanctuaire, tout ne serait-il que
charlatanisme, mercantilisme, métier?

MARTIAL.

Métier, commerce, dis-tu? Mieux que

cela ! Au théâtre, par exemple, on a ses
fournisseurs, comme l'artisan, et l'on
vous commande une pièce, aussi bien
qu'une tourte chez Félix ; le cuisinier de
lettres met au four et sert chaud à son
débitant ; ce dernier, après avoir doré la
pâtisserie avec force coups de pinceau,
la fait avaler à son public, bon gré mal
gré, en sa qualité d'associé ou de *parta-
geant* au four général où il s'adjuge par-
fois le plus clair des profits de la *mar-
mite dramatique.*

CANDIDE.

Mais, de cette manière, les jeunes
auteurs ne doivent jamais arriver à se
faire jouer ! Comment peuvent-ils pro-
duire leurs œuvres ?

MARTIAL.

Comment ils arrivent, et à quoi ils arrivent ? je vais te le dire :

Tel ou tel soldat de la pensée vient présenter tout naturellement, et à tour de rôle, son œuvre à chaque directeur de théâtre. Le premier garde votre pièce dans les cartons, sans même daigner y jeter un regard ; puis, un beau jour, impatienté que vous êtes de ne recevoir aucune réponse, vous allez redemander votre manuscrit ; le régisseur vous le renvoie avec un petit mot rédigé à l'avance (on peut en avoir, prêt à recevoir une signature officielle, dans tous les cabinets de directeur), et ainsi conçu :

« Je vous renvoie votre pièce intitulée...

» J'ai l'honneur de vous saluer. »

Sans autre explication, vous la repre-
nez et ne dites mot. Le second se con-
tente de vous éconduire ; celui-là est plus
poli et plus loyal ; alors le désespoir vous
étreint ; vous versez des larmes de décou-
ragement. Quelque temps après le démon
de la poésie vient vous aiguillonner de
nouveau, et, comme vous êtes dévoré
du désir de vous voir joué ou édité,
vous passez par les griffes des VAUTOURS
LITTÉRAIRES.

CANDIDE.

Vous m'effrayez, mon cher Martial !
Parlez, je suis tout oreilles.

MARTIAL.

Je vais tâcher de te donner une idée
frappante et vivante des personnages et

des types que je veux te décrire. Je commence, suis-moi bien :

Le vautour a généralement trente-cinq
ou quarante ans, l'œil fauve, le nez cro-
chu, les lèvres minces, le sourire miel-
leux ; il porte invariablement un lorgnon
ou des lunettes, pour dérober son œil
perçant et vitreux. Il se nourrit d'habi-
tude de l'esprit d'autrui, dont il est très-
friand ; on le trouve, le plus souvent,
dans les endroits où l'esprit se débite, où
la pensée abonde, où viennent se délas-
ser les jeunes intelligences, avides qu'elles
sont de respirer le suave parfum qu'ex-
hale la poésie. Par l'odeur alléché, le
vautour s'abat près d'un jeune poëtereau
qui trahit par tous les pores son indivi-
dualité ; le vautour lance alors sournoi-
sement quelques coups de bec et se pose

en défenseur des faibles ; la jeunesse est
si confiante, si loyale, qu'elle ne tarde
pas à montrer le produit de ses veilles,
de ses insomnies ; le vautour vous sourit,
vous presse la main comme à un frère ;
il vous glisse quelques paroles qui réson-
nent harmonieusement à votre oreille ou
qui caressent vos penchants secrets,
vous avez oublié la fable du bonhomme
La Fontaine : *Tout flatteur...* vous êtes
pris dans le piége, vous confiez votre
manuscrit. Alors ! oh alors !

CANDIDE.

Continuez, cher maître, votre récit
m'intéresse vivement et je vous écoute
avec le recueillement d'un confident de
tragédie.

MARTIAL.

Alors la désillusion descend sur votre bonheur comme un voile funèbre. La désillusion arrive par degrés, sans précipitation, mais enfin elle arrive ! De quelle manière ? Le vautour a lu votre œuvre, l'a commentée, y a trouvé une idée ; il vous la rend avec force politesses, vous donnant pour raison que votre pièce est injouable ; il se réserve de lire toujours ce que vous aurez fait ; mais du *nouveau,* surtout du *nouveau !* Cette dernière parole vient ranimer le feu sacré qui allait s'éteindre ; vous retravaillez ; vous vous dépêchez d'apporter au vautour une nouvelle œuvre qui a le même sort que la première, et cela dure jusqu'à ce qu'un beau jour vous en arri-

viez à croire que vos élucubrations
sont aussi spirituelles que les devises
des denrées coloniales de Monsieur
Aymès ! Cela dure jusqu'au jour où, par
désœuvrement, — peut-être un peu par
envie, — vous voulez entendre quelque
production du vautour, c'est-à-dire du
faiseur dramatique.

Le rideau se lève ; vous écoutez religieusement la première scène ; tout à
coup votre esprit se trouble ; vous vous
croyez le jouet d'un rêve, d'une illusion
terrible ! les caractères que vous avez
tracés, les types que vous avez créés
repassent devant vos yeux comme si vous
les voyiez dans un miroir magique ; vos
personnages sont là ! là ! ils vous tendent
les bras , ils vous sourient, ils vous gri-
macent et vous jettent vos idées à la face;

votre élucubration vous apparaît ; seulement on a rogné, par-ci, par-là, le meilleur de votre opuscule, sous prétexte d'*entente scénique*, d'habileté ou d'expérience dans l'*agencement* de votre charpente dramatique; vous êtes haletant, vous avez le rictus amer de l'envie à la bouche, vous ne pouvez comprendre comment votre âme tout entière est entrée dans la pensée d'un autre; alors vous vous précipitez sur l'affiche... vous y voyez, en gros caractères, écrit le nom du vautour! Nom qui, sur l'affiche, semble vous narguer encore et vous jeter une dernière insulte !

CANDIDE.

Je suis attéré de ce que je viens d'entendre! Quoi! ces vampires de l'intelligence ne sont pas marqués au front d'un stygmate d'infamie, afin que le monde puisse les reconnaître et s'en éloigner comme d'un reptile venimeux que le pied doit écraser!

MARTIAL.

Si vous menacez plus tard de faire du scandale, de les traduire à la barre de la Société des auteurs dramatiques (ne pas confondre avec la Société des gens de lettres, qui n'est pas sa cousine), le vautour dramatique consent, pour ne pas faire *parler de lui* dans les *petits journaux*, de vous céder chaque soir une part dans la rétribution d'*un des actes* de *sa* pièce ; si vous acceptez, vous êtes perdu, vous êtes son complice! si vous avez trop de pudeur pour signer un pacte aussi odieux et aussi lâche, vous avez alors, pour vous consoler, la perspective d'un *scandale littéraire* que le petit journal s'empressera de populariser à son profit, mais qui, immédiatement, fera fermer pour jamais sur vous toutes les portes du théâtre; car le métier maintenant est partout dans l'art; s'attaquer à ces trafiquants, c'est s'attaquer à soi-même!

Tel est, aujourd'hui, l'état de la littérature; le char d'Apollon n'est plus traîné que par les vils esclaves de la spoliation; l'exploitation est à l'ordre du jour par les veaux d'or littéraires; l'homme de lettres, comme l'auteur dramatique, n'existe plus qu'à l'état d'agent d'affaires!

CANDIDE.

Mais, mon généreux ami, vous ne m'avez parlé que du théâtre; pour le roman, dont vous m'avez cité les trois grandes espèces, en serait-il de même?

MARTIAL.

Oh! pour le roman, la difficulté se présente encore bien autrement; vous avez à redouter deux vautours bien plus féroces que les précédents.

CANDIDE.

Lesquels?

MARTIAL.

Le romancier d'abord, l'éditeur ensuite; ici le vautour homme de lettres et le vautour éditeur se montrent dans tout leur hideux cynisme. Tous les deux, en

différentes occasions, marchandent aussi
votre ouvrage comme une denrée, comme
un produit commercial ; souvent la misère, vous étreignant de ses doigts glacés,
vous force à laisser votre œuvre pour
l'obole qu'il plaît de jeter à chacun de
ces mendiants d'esprit, de ces trafiquants
de l'intelligence.

L'argent reçu, votre roman leur appartient aussi bien que le cheval que vous
pouvez acheter ; les notaires seuls sont
exclus de ce marché ; quelque temps
après, votre ouvrage paraît dans un
journal illustré ; rien n'y a été retouché,
pas un point, pas une ligne ; les vautours
ne l'ont pas lu entièrement, quelques
pages leur ont suffi pour se rendre compte
de votre talent ; le nom de l'auteur seul
a changé, et alors vautours éditeurs,

vautours hommes de lettres récoltent toute la gloire, tous les honneurs que votre œuvre aurait pu vous rapporter.

CANDIDE.

O profanation ! O sacrilége de l'essence la plus pure, la plus sublime que nous ayons reçue de Dieu : le GÉNIE !

MARTIAL.

C'est de la sorte que tu vois aux vitrines des marchands de nouveautés ces romans annoncés avec deux noms d'auteurs, le premier en lettres *titaniques,* le second en caractères *lilliputiens ;* c'est de la sorte que les éditeurs eux-mêmes se font les placiers des hommes de lettres sans ouvrage ; c'est de la sorte que les brocanteurs de romans remplacent, en vue de l'écoulement de leur mar-

chandise , par le nom ronflant d'un
auteur connu le nom plus modeste de
l'écrivain *inconnu* et *qui écrit* au profit
de la réputation de l'auteur *qui a un
nom* et *qui n'écrit pas !*

CANDIDE.

Mais n'y a-t-il pas , m'a-t-on dit, une
Société de gens de lettres pour signaler
et flétrir de pareils abus ?

MARTIAL.

La Société des gens de lettres a bien
autre chose à faire qu'à laver son linge
sale ; son rôle actif consiste à recevoir
quarante pour cent sur les productions
des *auteurs inconnus ,* auteurs dés-
avoués par son triumvirat dès qu'ils ne
servent plus de machines à votes au jour
du scrutin annuel ; auteurs qu'on salue

une fois par an , à l'heure des votes ;
auteurs qui reçoivent un brevet de *crétin*
à perpétuité dans les causeries à *huis-clos* de la cité Trévise , lorsque le petit
crétin a besoin d'une avance sur sa *nou-velle* pour payer son bottier ou son tail-leur... quand le petit crétin a un bottier
ou un tailleur !

CANDIDE.

Mais, en dehors de la Société des gens
de lettres , il y a bien quelques éditeurs
philanthropes... quelques libraires intel-ligents , avides de noms nouveaux... de
talents jeunes qui...

MARTIAL.

Sans doute ; mais ils sont rares, ils
n'existent qu'à l'état d'exception, et pour
confirmer la règle commune, qui est

celle-ci : quelquefois, le cœur rempli de
dégoût à l'aspect de tant d'ignominie,
vous, jeunes talents sans nom, vous en-
trez chez l'éditeur dont vous avez entendu
parler avec avantage; vous lui présentez
alors votre manuscrit. Souvent, comme
je l'ai dit tout à l'heure, il n'y jette même
pas les yeux; mais si, par hasard, il est
d'humeur joyeuse, il vous congédie en
vous recommandant de passer dans un
mois; cela dure un an; au bout de ce
laps de temps, s'il a reconnu dans votre
opuscule de quoi gagner quelques mille
francs, il se décide à l'éditer; il vous
offre d'abord froidement cinquante exem-
plaires pour prix de votre labeur; vous
résistez un peu; il arrive alors à vous
accorder le double de ce qu'il vous aura
offert primitivement. Voilà, mon cher

Candide, le tableau très-véridique et très-historique des plaies et des vices, visibles à l'œil nu, du monde prétendu littéraire de notre époque.

CANDIDE.

Merci, mon excellent ami, mille fois merci! du bandeau que vous venez d'arracher de mes yeux; vos conseils me sont utiles comme tous les conseils qu'on donne à la jeunesse, et je ne persiste pas moins à me faire homme de lettres, auteur dramatique, poëte, etc., etc... Mais vos conseils m'auront servi, du moins, à me faire éviter tous les écueils qui pourront désormais se dresser sur mes pas.

MARTIAL.

Espères-tu les surmonter ?

CANDIDE.

. S'ils se dressent toujours à mon appro-
che... eh bien !...

MARTIAL.

Eh bien ?

CANDIDE.

Eh bien ! en désespoir de cause.
j'achèterai un fonds d'épicerie ; pour me
consoler, je mettrai moi-même en vers
mes étiquettes et signerai au bas de mes
factures : *Membre de la Société des gens
de lettres !*

MARTIAL.

Bon jeune homme !

LA RÉCLAME LITTÉRAIRE

ET SON TRAIN.

CANDIDE DANS L'ILE DE LA RÉCLAME.

CANDIDE. — MENTOR.

I.

CANDIDE.

Guerre au *chantage !*

MENTOR.

Malheureux ! quel cri oses-tu jeter !...
Ne crains-tu pas de te voir foudroyé ou

3

transpercé de mille et une flèches empoisonnées.

CANDIDE.

Ma foi, non, la foudre n'atteint que la cîme des grands chênes; quant aux sauvages de notre époque, ils plument sans doute fort innocemment l'oiseau qu'ils ont tué et n'ont garde d'émousser sur mon égide de Minerve les armes qui servent à alimenter leurs besoins quotidiens.

MENTOR.

Mais, insensé, tu es sans armes ! Et puis, ils sont si nombreux qu'ils étoufferont ton premier cri de guerre ?

CANDIDE.

Mentor, laissez-moi, vous dis-je; votre sagesse est en retard d'un siècle et demi;

je veux aller dans l'île de la *Réclame* visiter le palais du Mensonge qu'on dit très grand et très vaste, ainsi que ses jardins où croît l'arbre de Flatterie et réside la nymphe de l'Adulation !

MENTOR.

Allons, puisque tu le veux, je t'abandonne ; suis donc ton idée ! Mais prends bien garde de te laisser éblouir par les verroteries séduisantes que les sirènes du lieu ne manqueront pas d'offrir à tes regards.

CANDIDE.

Soyez tranquille, cher précepteur, j'ai pris mes précautions.

MENTOR.

Très bien ! mais que contient ce sac

auquel tu sembles attacher tant d'impor-
tance?

CANDIDE.

Ah! c'est vrai, je ne vous avais pas
encore dit... Voilà! regardez.

MENTOR.

Oh! oh! Un trident... La tête de Méduse.

CANDIDE.

Oui, la tête de Méduse, ou pour mieux
dire, le symbole de la vérité! car la
vérité, de nos jours, a besoin d'emprun-
ter une pareille configuration pour se
faire craindre ou respecter. Oui! cher
maître, la tête de Méduse! et un trident,
— celui de la satire, — avec cela je puis
entrer en lice. Adieu, je vous quitte, et à
bientôt.

MENTOR.

Au revoir... je vais veiller sur toi.

. . . .

.

.

II.

CANDIDE.

Et maintenant, attention ! Chiffonniers
de l'esprit, aiguisez vos crochets ! je vais
vous tailler de l'ouvrage. Ah ! ah ! vous
aurez de quoi remplir vos hottes avec
les lambeaux que fera Son Altesse la
Satire.

Mais, à propos, je n'ai aucun moyen
pour m'introduire en ce palais ? Son
entrée est magnifique et m'inspire malgré

moi; j'y lis pourtant en lettres d'or —
grâce à ma tête de Méduse — ces mots :
Palais de la Réclame ; approchons de
plus près... Diable ! ces lettres qui me
paraissaient d'or se changent maintenant
en *Ruolz*... C'est encore un effet de ma
vieille tête de sorcière !

Allons ! soulevons le marteau de la
porte : toc, toc, toc, aïe ! j'ai manqué
de m'écraser les doigts ; cependant il est
recouvert de velours et semble léger à la
main. Insensé !... ne suis-je pas à la
porte du Mensonge. Toc, toc, toc. Ah !
cette fois l'on m'a entendu. Oh ! surprise,
la porte s'ouvre d'elle-même. Eh ! mais,
on entre ici comme dans une souricière.
Voilà les difficultés aplanies, rajustons
notre faux-col, mettons nos gants et ris-
quons notre lorgnon. Quel délicieux

séjour ! Rien n'y manque pour charmer la vue, réjouir l'esprit... l'on respire ici un air pur et embaumé. Tiens, quelles sont donc ces guirlandes de fleurs semées à dessein sous mes pas? *O Deus !* qu'aperçois-je? Vénus n'est certainement pas plus belle. La ravissante créature! Quelle expression de suave beauté et de gracieuse affabilité se peint sur tout son être; elle vient de ce côté suivie d'un trio de personnages; allons, toutes galanteries dehors! La voici : Madame, je vous présente mes baise-mains.

LA NYMPHE, *paraissant, suivie de trois personnages.*

Soyez le bienvenu, seigneur, quand on est aussi gracieux que vous l'êtes on est toujours accueilli avec plaisir.

CANDIDE, *à part*.

Ah ! Mentor, viens à mon aide. *(Haut.)*
C'est trop aimable en vérité.

LA NYMPHE.

Aimable, quelquefois ; mais laissons-
là ce ton qui ne convient qu'aux vulgaires
mortels et parlons un peu le langage de
notre olympe enchanteur. Qui es-tu ?
que viens-tu faire en ces lieux ?

CANDIDE.

Vous admirer, vous connaître et apprendre de votre bouche les merveilles
dont cet Eden me semble émaillé.

LA NYMPHE.

Je vais te satisfaire. Tu es, ici, dans
le *Pré du Plaisir,* dont je suis la reine ;
je te présente mon protecteur le *Canard,*

ma protectrice la *Réclame* et mon frère
la *Claque*. Peut-être n'est-il pas inutile,
jeune étranger, de t'apprendre ma nais-
sance. Je suis la fille d'un directeur
d'Opéra, homme d'esprit qui en avait
trop pour faire ses affaires. Grâce à un
journaliste, mon parrain, qui lui prêta
pour quelque temps le rez-de-chaussée de
son immeuble où il n'habita pas, l'auteur
de mes jours acquit ce beau domaine,
environné de bois, et qu'il appela le *Pré
du Plaisir*. J'y naquis au sein des fleurs,
au milieu des concerts. Ici, plains mon
sort; mon père, distrait comme un
homme d'esprit, m'abandonna dès que
j'y vis le jour; mais, cette fois, instruit
par ses précédents revers, il ne quitta cet
asile enchanteur qu'en compagnie du
dieu Plutus! Aussi chaque fleur que tu

foules sous tes pieds, chaque arbuste que
tu coudoies vaut autant d'écus d'or à
mon très-honoré père!... Dieu sait maintenant ce qu'il faut de frais d'imagination
et d'affichages publics pour que mon
protecteur et ma protectrice conservent
la précieuse tutelle qu'on leur a si chè-
rement léguée.

CANDIDE.

Pourtant votre beauté, madame, doit
être garant de la fortune tant désirée par
votre intéressante famille.

LA NYMPHE *et sa suite, en chœur.*

De quel esprit, de. quelle grâce, de
quelle gaieté, de quel entrain, de quelle
amabilité, de quelle politesse exquise, de
quelle délicieuse pureté d'expressions,
de quel bon ton ce monsieur est doué !

CANDIDE, *tirant sa bourse.*

Combien vous dois-je... de remercie-ments pour l'ovation chaleureuse que vous voulez bien me faire.

LA NYMPHE *(à part.)*

Il est madré, ce jouvenceau ; son bon mot en vaut bien un autre. *(Haut.)* Chers parents, tenez-vous à l'écart, j'ai à causer avec monsieur ; si votre con-cours m'est nécessaire, je vous ferai mander.

III.

LA NYMPHE *(à part.)*

A nous deux maintenant. *(Haut.)* Je
crois deviner, jeune étranger, quel est
l'objet de ta visite : tu viens nous demander une bonne petite réputation ; rien de
plus facile... Veux-tu dix lignes, vingt
lignes, trente lignes, c'est un franc la
ligne ! On paie d'avance, mais on ne
rend pas l'argent si l'on n'est pas content ; seulement on a le droit d'en faire

part à ses amis et connaissances. Allons,
je suis à tes ordres, fais-toi servir? Mais
je te conseille de prendre les quatre plus
grandes feuilles de mon empire; elles
sont plus chères, il est vrai, mais elles
profitent davantage à toutes les fortunes
et à toutes les gloires.

CANDIDE, *consultant la tête de Méduse,*
(à part.)

C'est-à-dire — traduction libre —
qu'elles profitent davantage à la bourse
de la nymphe. *(Haut.)* Comme vous y
allez, madame, c'est trop cher ou trop
bon marché pour moi.

LA NYMPHE.

Je vois ce que c'est; tu es commerçant, alors ma tâche devient bien moins
difficile, et tu peux te rendre compte du

succès de nos bonnes réclames ; la partie
n'y fait rien ; nous choyons on ne peut
mieux le cachemire de l'Inde et nous
posons également son adversaire en
homme jaloux de l'honneur national !
Nous pronons fort bien la porcelaine,
fût-elle de Chine ou du Japon, et nous
ne méprisons même pas les apothicaires
dont nous faisons fort bien avaler les pil-
lules.

CANDIDE.

C'est prodigieux ! Et le bon public y
croit ?

LA NYMPHE.

Pas toujours, mais souvent! Le public
est le gibier que nous chassons à courre ;
sa crédulité, par nous, est sans cesse
mise aux abois ; il fait bien quelques

détours avant de se laisser prendre, mais quand nos chasseurs lui ont lancé dix bonnes lignes dans la tête nous pouvons sonner l'hallali.

CANDIDE.

Je m'aperçois qu'avec vous on peut récolter sans semer, et que, par la vertu de votre magie, vous pouvez faire passer un fripon pour un honnête homme, c'est hétéroclite et on ne peut plus ingénieux.

LA NYMPHE.

Pardon, mes instants sont comptés... arrivons à ta personne; je me suis sans doute trompée à ton endroit? Tu es artiste, n'est-il pas vrai? Oh! alors, c'est bien différent... Quoique les procédés employés ne soient pas toujours les mêmes, nous avons pour ta spécialité des articles tout faits, des articles anodins, des articles raisonnés, des articles spéciaux, des articles semi-spéciaux, le tout coté au prix le plus bas.

CANDIDE.

Merci, madame, de ces renseignements; mais je ne suis ni artiste ni commerçant, je suis tout bonnement un curieux, un oisif, qui vient user ses cothurnes sur les bords enchantés de votre domaine.

LA NYMPHE.

Vraiment? *(Se reprenant d'un air d'incrédulité.)* Mais, non, il est impossible que tu n'aies point de succès à acheter, de réclame à payer ou de réputation à enfanter. Tu peux être un homme

de mérite, soit; mais tu passerais pour
un sot si tu ne faisais pas par nécessité
ce que les sots font tous les jours à leur
profit, c'est-à-dire un peu de réclame,
sans laquelle ton vrai mérite lui-même
ne pourra se faire jour, tant ces messieurs
abusent aujourd'hui de ma marchan-
dise.

CANDIDE.

Vous me flattez, madame; mais de
cette manière je vois que le talent ne sert
à rien, puisque par votre art vous en
faites pousser sur les terrains incultes,
stériles.

LA NYMPHE.

Le vrai talent, en effet, n'est pas l'ar-
ticle que nous tenons le plus, puisque
nous sommes le soutien de l'artiste qui

n'en a jamais eu, de tout ce qui est fre-
laté, de tout ce qui paraît plein et qui
sonne creux ; enfin de tout ce qui chante
faux et qui veut faire croire qu'il chante
juste.

CANDIDE.

Ah! madame, que de sujets vous
devez avoir dans vos états et que la
superbe Lutèce doit vous fournir de
clients.

LA NYMPHE.

Sans doute! car si nous sommes le
soutien des faibles, c'est avant tout par
humanité! Notre commerce, malgré
nos détracteurs, est des plus philanthro-
piques, puisque pour un modeste salaire
nous empêchons des carrières de se

briser, des fortunes de crouler, des réputations de faillir!

CANDIDE *(à part.)*

Diable! voilà une logique un peu em-
brouillée... A moi ma tête de Méduse! à
moi Mentor!

MENTOR, *clopin-clopant, sort d'un
buisson du Pré du Plaisir et
rejoint Candide.*

Madame, vous parlez avec autant de
charme que d'esprit... Je commence à
comprendre qu'on vous avait calom-
niée... Cet enfant est venu vous voir,
guidé par un mauvais esprit... Je viens
donc reconnaître que vous valez mieux
que cette Calypso enchanteresse à laquelle j'arrachai autrefois l'imprudent
Télémaque.

CANDIDE.

Allons, ma tête de Méduse, parleras-
tu, cette fois? seras-tu aussi de l'avis de
Mentor?

LA NYMPHE.

Vous entendez, jeune homme, ce res-
pectable vieillard?

CANDIDE, *après avoir consulté son
talisman.*

Oui, madame... Mais je viens d'entendre une autre voix qui me dit que....

LA NYMPHE.

Achevez.

CANDIDE.

Que votre vertu, que votre humanité,
belle nymphe de la Réclame, sont autant

d'hameçons tendus à la crédulité publique.

MENTOR.

Cependant, tu peux en croire Mentor.

CANDIDE.

Pas davantage, puisque vous êtes aujourd'hui celui qui s'est laissé prendre le premier dans les filets de madame! Arrière, Mentor; va-t-en, précepteur édenté et cacochyme! A moi donc la satire pour fustiger de mes bras jeunes et forts la Réclame littéraire et son train!

(Mentor, confus, se retire à l'écart, puis disparaît.)

LA NYMPHE.

Vous êtes, l'ami, à ce que je vois, de

mon ennemie intime la satire; mais,
prenez-y garde, jeune téméraire, nous
avons à notre service griffes et ongles,
et les blessures qu'ils font laissent souvent des traces mortelles pour l'avenir.

LA NYMPHE.

Eh! madame, je ne crains nullement
les morsures venimeuses que font vos
journalistes à la mode, qui blâment et
qui louent sans juger la pièce qu'ils doivent critiquer ou l'acteur dont ils veulent
faire la réputation, et cela pour la somme
reçue, acceptée sans honte et sans
arrière-pensée. Dans leurs mains, la
littérature n'est qu'un vil trafic : ils
aiment ou haïssent à volonté. L'art et le
génie, pour eux, n'est qu'une exploitation, et ils cotent l'esprit au même taux

4

que la sottise ; mais le jour est venu,
dame Réclame, ma mie, où le talent, la
vocation, la gloire, n'auront plus besoin
de passer par votre main de fer et d'or ;
avec un peu de courage, le littérateur,
le peintre, le statuaire, tout ce qui pense,
enfin, s'affranchira de votre tyrannie,
basée sur des chiffres, et dont vous pre-
nez pour vous le plus net, le plus clair
des bénéfices ! Arrière donc, providence
menteuse de l'art et de la littérature !
aujourd'hui la révolution littéraire commence au profit de tous les penseurs ;
jusqu'à ce jour, ils se sont escrimés
contre des fantômes, car la réalité, la
terrible réalité, qui les tue, c'est vous,
dame Réclame, c'est vous, personnifica-
tion impudique du mensonge et de la
vénalité ; c'est vous, despote cruelle, qui

n'avez de forces, de pouvoir, de prestige
que grâce aux intelligences d'une géné-
ration vieillie et qui vous a pétrie de son
limon ! Aujourd'hui la jeune littérature,
les jeunes talents de toutes les diverses
écoles, répugnent à vous encenser. Hon-
teux de votre autocratie financière que
le vieil art courtise encore, le talent indé-
pendant, le talent de l'avenir vous dé-
laisse et vous renie. Ah ! vous souriez,
madame ! — et vous vous dites, je le
pressens : — J'ai pour moi l'or, j'ai pour
moi les vieilles réputations que je paie
au détriment des talents nouveaux, qui,
plus tard, pour arriver à leur tour.
seront forcés de se courber sous ma loi,
Eh bien, s'il le faut, nous aussi nous
nous ferons trafiquants, brocanteurs,
marchands ; oui, nous, qui sommes des

poëtes, des littérateurs, des artistes, nous
essaierons de fonder aussi un comptoir
pour vendre des armes que nous diri-
gerons contre vos priviléges, contre les
vils idolâtres de votre indigne puis-
sance !

LA NYMPHE, *riant aux éclats.*

Ah ! ah ! pauvre garçon... Mais je te
reconnais maintenant, tu es la satire en
personne... Avant un mois, ton indignation elle-même aura passé au profit de
mes journaux, grands et petits, quand
je voudrai bien l'admettre dans leurs
cénacles, cénacles inavoués, il est vrai,
mais qui se tiennent partout et font cause
commune avec mes tributaires, — le
jour à la Bourse par mes chroniqueurs
de finances, — le soir au théâtre où,

dans un même foyer, chaque critique se partage la victime ou le héros qui doit être le sujet de son feuilleton du lendemain !... Ah ! ah !

CANDIDE.

Oui, oui ! je connais aussi vos petites feuilles qui se servent des grandes pour emplir leurs formats ; je les vois d'ici, les ciseaux à la main, découper les articles qu'elles reproduisent, avec plus ou moins d'astuce, avant de les servir au public. Loin de moi, écrivains inutiles qui broyez du blanc ou du noir, qui faites la pluie et le beau temps ! car je suis l'ami de la vérité.

LA NYMPHE.

Mais la vérité est foulée aux pieds, dédaignée, méprisée en tout endroit où elle se présente !

CANDIDE.

Sans doute, la vérité est honnie du
sein de la société ; le monde ne se dé-
range que pour faire place au mensonge;
on le salue, on lui presse les mains, on
l'accueille avec plaisir, on lui sourit, on
l'aime, ce brave mensonge, avec son
masque d'hypocrisie à la face. Ses habits
d'emprunt, son cortége d'illusions qu'il
entraîne à sa suite, sont si séduisants !
Mais ôtez-lui ce masque, mettez-le dans
le costume de la vérité, dispersez ces
fausses joies, ces sourires étudiés ; effa-
cez ce maquillage composé par l'artifice,
alors les rides de son visage reparaîtront,
la fausse chevelure tombera et fera place
à une affreuse calvitie ; mais regardez
aussi, déesse du mensonge, dans le mi-

roir de la réalité, et vous reculerez
effrayée devant le hideux tableau que
vous aurez sous les yeux. Comme pendant à ce triste tableau, voyez, de l'autre
côté, cette belle jeune fille qui rougit et
baisse modestement les yeux, enroulée
pudiquement dans son ondoyante chevelure; son air candide et pur vous séduira
et vous attirera malgré vous. Oh! alors,
vous délaisserez bientôt le premier
tableau pour vous prosterner aux pieds
du second.

LA NYMPHE.

Tes raisons seraient bonnes, mon
cher, si quelqu'un osait seulement un
jour défendre contre moi cette pauvre
vérité.

CANDIDE.

Eh bien, la vérité a trouvé aujourd'hui un défenseur.

LA NYMPHE.

Qui donc est-il ?

CANDIDE.

Moi, Candide !... ou, si tu l'aimes mieux, la satire, oui, la satire, qui vient t'affronter jusqu'en ton domaine, et pour te faire sentir la pointe acérée de son trident.

LA NYMPHE.

Ah ! ah ! misérable nain !... et tu espères, pauvre mirmidon, couvrir de ta voix grêle les cent bouches qui parlent par ma voix formidable?... Ainsi tu ne veux point te soumettre à mon empire?

CANDIDE.

Nullement, la satire est ma souve-
raine.

LA NYMPHE.

Tant pis pour toi! — Apprends, donc,
insensé, que mon domaine si enchanteur
cache des précipices terribles, et j'ai
pour moi des foudres, des forces et des
soldats sans égal! apprends donc, jeune
audacieux, à quoi tu viens de t'exposer:
ta vie m'appartient, et c'est dans cette
île, faussement nommée le Pré du Plaisir, que tu devras finir tes jours.

CANDIDE.

Où sont donc tes soldats de carton, tes
défenseurs? Semblable à une avalanche,
je renverserai tes pygmées littéraires aussi

facilement que le grain de sable que le vent roule et emporte.

LA NYMPHE.

Tu me braves encore? Eh bien, tu vas juger de mon pouvoir. Je voulais t'épargner, mais ton insolente témérité va être punie. A moi, mes soldats! Paraissez, gnômes et chevaliers du chantage! faites voir vos dents, tout ce que vous savez faire, enfin, et que cet indigne sujet reçoive la punition de son audace.

(Ici paraissent une série d'hommes-journaux portant des bannières où sont inscrits les noms de plusieurs journaux grands et petits.)

CANDIDE.

Quels sont ces nains qui semblent fléchir sous le poids des présents dont ils

sont chargés ? Ah ! ah ! ils sont man-
chots ! Quels chevaliers de triste figure !

LA NYMPHE.

Et tu crois pouvoir résister à cette
multitude?... Regarde donc devant toi !...
regarde cette innombrable armée de scri-
bes belligérants.

CANDIDE.

Il est vrai qu'ils sont nombreux. Je
ne m'étonne plus qu'ils obscurcissent
tant la clarté des bons ouvrages en voulant les juger.

LA NYMPHE.

Tu railles en voulant parodier *Léo-
nidas.*

CANDIDE.

Je ne m'inspire que des grands hom-

mes, et je te répondrai comme ce héros :
« Tant mieux, *nous combattrons à
l'ombre !* » Tiens, la plaisante chose !
tes soldats sont des Janus ! Ces bras
qu'ils dérobaient à ma vue apparaissent
maintenant armés d'une formidable
trique.

CANDIDE.

C'est le revers de leurs armures et ce
sont leurs armes en même temps. Sus
au mécréant !

*(Ici les triques flamboient autour de
Candide.)*

CANDIDE.

Ah ! je comprends, la trique de l'*érein-
tement!* Allons, arrière, chevaliers félons
et méchants, trafiquants de pensées,
soldats sans gloire, aboyeurs de succès !

votre giberne, remplie de fiel, est impuis-
sante contre mon égide ; arrière, vous
dis-je, ou je vous fais voir mon armure
aussi, et c'est bien le diable si vous n'êtes
pas tous écrasés comme des insectes sous
mon talon de fer! Ah! vous ne voulez
pas être plus raisonnables, et vous me
forcez de vous terrifier! Alors, tremblez!
— Voilà mon arme, à moi! Tenez, regardez. Ah! ah! vous fuyez comme un
troupeau que le chien du maître chasse
en montrant ses dents! Hein! qu'en
dites-vous? la tête de Méduse! Vous n'y
songiez pas?

*(Ici on aperçoit Mentor debout sur le
pont d'un vaisseau qui est à l'ancre.)*

LA NYMPHE.

Je suis jouée, mais une vengeance me
reste. Tu ne peux sortir de cette île, qui

5

est entourée de toutes parts de rochers, et d'où l'on n'a que la mer pour horizon.

(Candide se jette à la mer et va rejoindre Mentor.)

CANDIDE.

C'est ce que nous allons voir. Allons, salut et adieu, ma belle déesse; sans rancune.

CANDIDE, *sur le pont du vaisseau.*

J'ai brûlé mes vaisseaux chez toi, nymphe de la Réclame, afin que tu ne puisses brûler le mien.

LA NYMPHE.

Vaincue par la satire!...

TROISIÈME ÉTUDE :

LES

HOMMES D'ARGENT.

ÉTUDE DE MŒURS.

I

Dans notre Babylone moderne, s'agite, se meut un type que tout le monde salue, envie, respecte, que personne ne songe à décrire ; cependant ce type cause bien des douleurs , engendre bien des vices ; pourquoi ne cherche-t-on pas à l'analyser ? pourquoi ? je vais vous le dire.

C'est que dans le siècle où nous sommes, tout le monde a trente ans — comme disait dernièrement un spirituel écrivain — trente ans qui signifient mutisme, silence, ténèbres! Paris! ville de splendeurs et de misères, c'est dans ton sein que cette race d'hommes trouve le plus à satisfaire ses appétits insatiables. « *Auri sacra fames,* » telle est la devise de tous ces gentilshommes de notre époque, gentilshommes que la société reconnaît pour ses aînés, noblesse dont les titres sont renfermés dans une caisse, et qui a pour parchemins les liasses de billets de banque qu'elle a acquises d'une façon plus ou moins légitime; néanmoins, de nos jours, cette aristocratie est celle qui prévaut, et la majorité d'accepter ses arrêts: Ce type, c'est l'homme d'argent.

Il y a différentes espèces d'hommes d'argent. Nous avons tout d'abord les capitalistes-boursiers ou entrepreneurs de bâtisses. Ces Titans modernes sont l'hameçon jeté aux sujets du temple de Plutus — ces sujets sont les actionnaires ; — nous avons ensuite le spéculateur industriel, personnage tenant le milieu entre l'avare et le parvenu. Le Turcaret littéraire qui souvent double ses capitaux avec les réclames, les annonces qu'il fait faire sur son compte. — N'oublions pas non plus les bons dîners payés à messieurs de la littérature ; — nous apercevons encore l'homme d'argent réaliste qu'on rencontre dans tous les endroits où les plaisirs et les vices dorés ont quelque accès, la vie de ces hommes se passe dans un commerce continuel, ce com-

merce consiste : 1° à satisfaire les passions qui les dévorent et dont ils sont les
esclaves ; 2° à obtenir à prix d'or tout ce
qui se trouve sur la route de leur vie,
pouvant assouvir leurs instincts sensuels.
Cette secte, nommée, par le monde *far*
niente, les viveurs, se recrute le plus
souvent dans les hommes de trente-cinq
à quarante ans, âge où l'esprit calcule le
bénéfice des sens, où tout est *positivisme,*
réalisme, matérialisme.

Dans cette multitude d'hommes d'argent que Paris renferme dans son sanctuaire, nous avons choisi les deux personnages les plus propres à généraliser
l'espèce : le spéculateur industriel et le
négociant retiré ; les ayant vus, je vais
tâcher, ami lecteur, de vous les décrire
dans tout le pittoresque de leur indivi-

dualité. Ceci posé, nous commencerons donc, si vous le voulez bien, par le *spéculateur-industriel*, l'homme d'argent le plns *répandu* dans la superbe Lutèce.

II.

LE SPÉCULATEUR INDUSTRIEL.

Effice, quidquid corpore contigero fulvum vertatur in aurum ! (OVIDE.)

(Puisse tout sous ma main se convertir en or.)

Le voilà, justement, ce bon monsieur que je veux vous dépeindre, le voyez-vous là-bas, sur l'asphalte, c'est lui, quel nom vais-je lui donner? Durandel, qu'en pensez-vous?. Le nom vous plaît, soit; suivons-le donc dans ses pérégrinations

et remontons un peu un à un les anneaux
de la chaîne d'or de son passé ; chaîne
d'or, dis-je, elle ne l'a pas toujours été,
sa matière primitive vient, je crois, du
cuivre, mais la réussite aidant le métal
changea insensiblement de nuance et
prit le lustre brillant de l'or.

Quelle honnête et placide figure possède ce bon monsieur Durandel, le sourire vient perler ses lèvres à chaque
instant et donne à sa physionomie une
expression de bonhomie cauteleuse,
pleine d'affabilité; son abdomen proémi-
nent s'avance majestueusement et tient en
contre-poids son corps trapu et court,
deux petits yeux remplis de malice et
d'astuce se détachent de sa face purpu-
rine; sa démarche est pesante, lourde, et
contribue à donner de la gravité à tout

son individu; son front de moyenne hau-
teur est encadré par une perruque d'un
blond-foncé qui laisse voir, par les inter-
stices de la nature à l'art, quelques mèches
grisonnantes qui s'échappent de cette tête
découronnée... Voilà son prototype,
quant au physique.

Maintenant, parlons un peu du moral.
Monsieur Durandel observe une grande
sobriété de paroles, cherchant de cette
manière à se poser en homme sérieux;
n'allez pas croire pour cela qu'il concentre
ses pensées, elles se résument en une
seule, *spéculation ;* pensée qui tord son
cœur dans tous ses replis, absorbe tout
son esprit et éteint chez lui toute espèce
d'idées grandes ou généreuses; cependant
cette aridité de sentiments est cachée par
un masque de sensiblerie qu'il sait s'atta-

cher au visage en temps et suivant les circonstances où sa position le conduit; aussi passe-t-il aux yeux des notables de son quartier pour un philanthrope, quoique dans les courtes conversations du trottoir ou de l'arrière-boutique il affecte des tendances de pyrrhonisme. Monsieur Durandel a étudié cette manière de se faire ressortir en gourmandant, en doutant de tout, avec un certain air de bourru-bienfaisant. C'est de la sorte que l'on voit souvent, par ostentation, faire l'aumône dans la rue, par des gens qui donnent avec l'esprit et non avec le cœur, tant l'amour-propre, l'orgueil, la vanité ont éteint chez eux les nobles sentiments de l'âme !

Y a-t-il une quête en faveur des indigents, notre spéculateur est immédiatement désigné pour être à la tête de cette bonne œuvre, — qu'il appelle une corvée, — mais voyant par là le moyen de s'attirer une forte somme d'éloges, de considération, il s'empresse d'en profiter afin d'obtenir par la voix de l'opinion, — tel est le but de sa pensée — le titre de père des malheureux.

O Molière! esprit prophète! en créant on *Tartufe* tu pressentais bien le monde de l'avenir! Ce type apporté sur les ailes d'or de ton génie, nous est resté comme une preuve vivante de ton immortalité; seulement il s'est divisé et a pris toutes les formes, tous les visages, tous les masques, a revêtu toutes les allures, et enfin a envahi le sanctuaire de la société!

Mais, me direz-vous, lecteurs, d'où

sort, d'où vient ce bon monsieur que vous mettez ainsi sur la sellette? Un peu de patience, voilà.

Monsieur Durandel habite Paris depuis dix ans et se trouve à l'heure qu'il est, l'homme le plus choyé de la capitale, et peut-être un des plus riches capitalistes que nous possédions. L'avant-propos de son existence de spéculateur s'est passé en province où ses instincts s'étaient révélés par des opérations commerciales, qui avaient déjà laissé quelques taches sur le manteau de son honneur; mais de nos jours la réussite absolvant toute tentative hasardeuse, on ne fit pas attention à ces peccadilles; il était riche! Donc il devait être honnête homme, c'est ainsi que le monde d'aujourd'hui juge la plupart de ces hommes, arrivés au plus haut degré de l'échelle sociale, et qui s'y trouvent on ne sait comment ni pourquoi ; mais enfin ils y sont !

O société ! tu loues, tu flattes, tu encenses tout ce qui reluit, et tu ne vois pas souvent sous les brillants oripeaux de l'opulence les haillons du cœur !

III.

Monsieur Durandel après avoir réalisé en province quelques bénéfices, après avoir été membre du Conseil municipal dans la ville qui avait été le berceau de son succès, se trouva tout à coup dans la perplexité d'un homme à qui il manque quelque chose; les honneurs rendus à son mérite d'agioteur ne lui suffirent

plus, il fut dévoré de cette fièvre conta-
gieuse qui prend tous les provinciaux à
la suite d'opérations heureuses ou adroites
dans le labyrinthe de l'exploitation ; il
eut besoin d'un théâtre plus grand ,
d'une scène plus vaste pour jouer cette
comédie sociale qu'on appelle la spéculation.

Notre héros arriva donc dans la capitale un beau jour et, pour début de ses
opérations, il établit dans un des quar-
tiers les plus commerçants une maison de
gros en articles de Paris ; son crédit bien
assis par ses succès précédents ne tarda
pas à lui faire ouvrir toutes les portes et
sa maison devint en peu de temps une
des plus florissantes du commerce pari-
sien ; non content de cette réussite il mit
à exécution un projet qu'il convoitait

depuis longtemps; quelques-uns de ses confrères, gênés quelquefois, venaient escompter chez lui leurs valeurs à longue échéance; il prenait peut-être un peu plus que le taux de l'escompte actuel, mais que voulez-vous, leur disait-il, les temps sont si durs, et puis les banquiers ne prenaient les billets qu'à deux mois, tandis que l'honnête spéculateur les acceptait en prélevant, bien entendu, une forte commission; tout cela sentait un peu l'usure, mais il ajoutait très philoso-phiquement, n'est pas usurier qui veut.

Monsieur Durandel comme tout ce qui touche au mercantilisme était ennemi des arts en général et des artistes en par-ticulier; seulement, lorsqu'un de ces mêmes artistes lui était nécessaire dans une soirée pour attirer tel ou tel chez lui,

il s'empressait de l'inviter et s'en servait
comme d'un moyen mixte pour étendre
et développer ses affaires; ce mode, du
reste, est très répandu dans les soirées
ou les bals que donnent messieurs les
commerçants, qui, au bas de leurs lettres
d'invitations, ajoutent, il y aura tel artiste, comme il y aura souper après le
bal.

Vous croyez, peut-être, chers lecteurs,
que tous ces *petits riens* cités plus haut,
ont porté quelque atteinte à la réputation
de Monsieur Durandel, allons donc!
tous ces bruits se traduisent par des on
dit: une fois l'homme d'argent arrivé,
cela suffit, et bienheureuses sont cer-
taines gens de baiser les basques de son
habit.

O préjugé de l'or, quand donc seras-

tu anéanti ! quand donc se montreront
des hommes assez forts d'eux-mêmes qui
oseront établir la valeur morale de chaque
individu, parlant suivant leur conscience,
sapant la vanité ; et de là, par leur exemple, entraîneront les masses à la destruc-
tion complète de la hideuse flatterie du
riche aux dépens de l'honnête ; non, notre
siècle ne tend nullement vers cette voie,
au contraire, nous rampons auprès de
l'enrichi, nous adorons en lui le veau
d'or ! Que cet être ait commis ou com-
mette toutes les iniquités, qu'il exploite
son semblable, qu'il l'abaisse par toutes
les tortures morales ou physiques qu'il
peut lui faire endurer, nous le prônons,
nous le fêtons, nous le portons en triom-
phe, nous le chantons sur toutes les lyres
de l'humanité !

La société s'aborde maintenant en
ouvrant son portefeuille et avant de se
presser la main, se compte ses billets de
banque à la face; alors si le compte y
est de part et d'autre, on s'embrasse, on
se convient, on a pesé sa valeur au poids
de l'or, donc on peut s'estimer. Mais si
par malheur votre escarcelle sonne creux
ou vide, que votre cœur soit grand,
généreux, ressente de nobles inspira-
tions, que vous vouliez, par votre mérite,
arriver à certain degré de l'échelle sociale; êtes-vous riche, vous demande-t-
on? Vous répondez négativement. Oh!
alors, toutes les portes se ferment devant
vous, on vous rit au nez et bienheureux
si l'on ne vous traite pas de fou, d'insensé, que sais-je? Quelquefois, cependant, il arrive qu'un de ces hommes

d'argent s'empare de votre intelligence et récolte ainsi les honneurs et la gloire que votre talent aurait pu vous rapporter, de plus il a soin que la misère vous étreigne de ses doigts glacés, afin qu'elle aiguillonne votre génie, jusqu'à ce que l'épuisement et la souffrance éteignent votre dernière idée, rident votre front, fassent tomber votre dernier cheveu blanc, alors il vous repousse comme n'étant plus bon à rien, la misère est si laide à voir, tandis que l'or brille d'un si vif éclat, fut-il greffé sur un cadre ignominieux et repoussant !

Quand donc verrons-nous la parole sainte de la vérité sortir du sein de la société, et par ses divins accents soutenir les pas chancelants de l'honnête homme qui gémit de sa pauvreté; chasser de son

temple ces trafiquants de l'intelligence,
bannir ces idoles, ces faux dieux, fustiger
leurs débordements, honnir leurs vices ,
et partant éteindre à tout jamais cette
monstruosité humaine qu'on nomme le
préjugé de l'or !

Mais pardon, chers lecteurs, cette
diatribe sociale me fesait oublier mon
spéculateur que j'avais laissé entassant
sac sur sac, écu sur écu, et qui possède
aujourd'hui la somme fort rondelette de
dix millions.

Monsieur Durandel s'est retiré du
chaos commercial ; il habite maintenant
un vieux château délabré acheté à beaux
deniers comptant, il fait dire des messes
en musique pour son salut , et cou-
ronne tous les ans une ou plusieurs ro-
sières.

IV.

LE NÉGOCIANT RETIRÉ.

A notre époque, qu'est-ce qu'un négociant retiré ? Tout le monde en parle ;
peu de monde le connaît. Cette classe
d'hommes tient pourtant aujourd'hui le
haut du pavé de la fashion parisienne ;
on les voit partout, dans les bals, dans
les cercles, se posant en moralistes ou
protecteurs de l'humanité, quoique souvent leur vie intime démente entièrement
leurs actes et leurs paroles ; après quoi
ces disciples du veau d'or cherchent à
obtenir du gouvernement soit des titres,
soit des honneurs ; beaucoup même visent
au ruban rouge, donnant pour raison
qu'ils ont développé telle ou telle industrie, quoique certains ne se soient jamais

occupés que de vérifier si leur balanc
de telle année l'a emporté sur celle d
telle autre. La plupart sont rebutés dan
leurs demandes; alors ils affectent de
tendances subversives qui n'ont jamai
germé dans leur cerveau et qui, — l'ex
emple l'a prouvé, — retournent auss
bien contre eux-mêmes que contre l
société.

Nous ne parlons ici, bien entendu
que des négociants retirés, jouant le rôl
de Turcaret commerçant, menant ur
train des plus aristocratiques, plutôt que
de s'occuper de l'art industriel; recher-
chant des honneurs que les labeurs et
les travaux utiles auraient pu leur rapporter. Nous louons, au contraire, ces
flambeaux de l'industrie, ces hommes
dévouant leur vie au bien-être de l'humanité, qui, par leur coopération, pré-

viennent bien des vices, effacent bien
des misères et deviennent ainsi les gloires
de la nation.

Le négociant retiré, avant son départ
des affaires, a généralement associé un
employé qui a su s'attirer toutes ses
sympathies. Cet employé ne s'est fait
distinguer de ses émules bien souvent
qu'en flattant l'amour-propre de son
patron, en caressant ses idées, en se
faisant son Sosie moral, en intriguant,
en rampant, en se dégradant par l'es-
pionnage qu'il exerce sur ses subalternes,
en perdant sa dignité d'homme enfin !
Alors le négociant, ayant reconnu en lui
assez de servilité, se décide à lui laisser
sa maison — maison est ici désignée
dans le sens le plus absolu de ce mot; —
aussi la lui fait-il exploiter pour son
compte et donne-t-il alors à l'employé-

patron un bénéfice sur le résultat annuel,
pour empocher fort honnêtement les deux
tiers de la somme !

Etant libre, le négociant devient en-
nuyé de lui-même ; ses passions, jusque-
là contenues par l'appât du gain, éclatent
dans toute leur plénitude ; il veut vivre
de la vie du dilettante. Il n'en a ni le ton
ni l'esprit ; le moyen qu'il emploie est de
dépenser le plus d'argent qu'il peut afin
de se faire remarquer, il a bientôt quelques adeptes ou compagnons de plaisir ;
ce sont des fils de famille qui ont mangé
leur patrimoine, qui, faute de trouver un
Mécène plus divertissant, consentent à
s'atteler au char du Turcaret, à la condi-
tion de vivre à ses dépens.

La Bourse aussi charme les moments
de loisir de notre négociant ; il a besoin
de retourner à pleines mains le métal

enchanteur ; il lui faut de l'or , toujours
de l'or ! Aussi, à mesure que sa caisse se
grossit, que sa bourse se gonfle, son
cœur se resserre et s'endurcit ; il devient
avare et égoïste. Vous croyez pour cela
qu'il ne s'occupe jamais de bonnes œuvres ; allons donc ! que dirait le monde ?
Au contraire, il donne plusieurs lits aux
hospices ; il fait partie des bureaux de
bienfaisance ; il tonne , il gronde contre
l'humanité, qu'il trouve ingrate et mé-
chante ; et la société d'applaudir l'honnête homme ; on le vénère , on le respecte , on l'admire ! . . . . . .

. . . .

La journée du négociant commence à
dix heures du matin. Il se lève , fait une
toilette assez recherchée , allume un
cigare, sort et se dirige vers le café

Anglais ou le restaurant Désiré Beau-
rain. Depuis sa sortie des affaires, il
dédaigne son ancien cabaret (Brébant);
il déjeune en une heure, puis va prendre
son café à Tortoni. (Le café Alexandre,
autrefois, faisait ses délices.) Il demande
le *Journal des Actionnaires* et attend
religieusement l'heure de la Bourse.
Cette heure n'a pas plutôt tinté que son
visage s'épanouit; il se lève comme mu
par une étincelle électrique et prend le
chemin de la rue Vivienne, qu'il descend
jusqu'à l'entrée du temple de Plutus.
C'est là que le négociant se montre sous
sa véritable figure! Placé le plus près
possible de cette espèce de roue de loterie
qui se trouve dans ce palais de l'*agio*,
notre homme gesticule, crie, se met en
nage, court, va, vient; et au bout de
trois heures de ce manége, sort haletant,

l'œil morne ou frissonnant de plaisir,
selon le flux ou le reflux de cet Océan
d'actions, de primes, etc., etc.

C'est aujourd'hui jour de hausse. La
démarche de notre négociant est légère;
il serre la main à toutes les personnes
qu'il rencontre, et va inviter à dîner son
factotum. Nous l'accompagnerons donc
à son capharnaüm commercial, et le sui-
vrons dans sa période de bonne humeur.
Il entre chez lui et s'adresse à son Séïde
en ces termes :

LE NÉGOCIANT *(très gai.)*

Eh! bonjour, mon bon. Comment
avons-nous passé la journée? A-t-on
boulotté, aujourd'hui?

L'EMPLOYÉ.

Mais oui, mais oui, monsieur : voyez,
tout ceci est vendu, et à de bons prix,
encore.

LE NÉGOCIANT.

Allons, je suis content de vous.

L'EMPLOYÉ *(très humble.)*

Vous êtes bien bon. Oserai-je demander à monsieur si ses opérations de bourse ont été favorables.

LE NÉGOCIANT.

Pas trop mauvaises. Le 3 0/0 a monté; j'ai pu réaliser quelques bénéfices.

L'EMPLOYÉ.

Monsieur est heureux dans tout ce qu'il fait.

LE NÉGOCIANT.

A propos, j'oubliais le but de ma visite: vous dînez avec moi ce soir.

L'EMPLOYÉ.

(Le négociant sort le premier, et l'employé court le rejoindre.)

LE NÉGOCIANT.

Où allons-nous dîner?

L'EMPLOYÉ.

Où il plaira à monsieur.

LE NÉGOCIANT.

Au plus près. Tenez, chez Brébant
par exemple, on dîne assez bien.

L'EMPLOYÉ.

Je l'ai entendu dire... Du reste, n'im-
porte où... le plaisir de me trouver avec
monsieur...

(Il ne continue pas sa phrase, ne trou-
vant rien de mieux à dire à son patron.
Ils entrent au restaurant. L'employé sert
respectueusement et trouve excellents
tous les mets.)

LE NÉGOCIANT.

Voilà notre dîner terminé. Si nous
allions prendre le café.

L'EMPLOYÉ.

Sur le boulevard, si vous le voulez bien ?

LE NÉGOCIANT.

Soit. Voulez-vous un cigare ?

L'EMPLOYÉ.

Volontiers.

(Le négociant ouvre un porte-cigares à deux compartiments séparés par une feuille de marocain. Dans l'un des compartiments se trouvent des cigares à 15 centimes ; dans l'autre, des Havanes à 25 centimes. Il offre un 15 centimes et prend un Havane.)

LE NÉGOCIANT *(très gai.)*

Ah ! ah ! mon cher, nous allons voir si vous êtes toujours fort au besigue à deux jeux.

L'EMPLOYÉ *(transporté.)*

Ça va ! En quinze cents le café... A moi à faire ! (Il coupe.) **A** moi à faire.

LE NÉGOCIANT *(mi-sérieux, mi-plaisant.)*

Ah ! vous avez de la chance !... Déjà deux cent cinquante !

L'EMPLOYÉ *(à part.)*.

Ne gagnons pas trop : cela pourrait l'indisposer... Pardon ; je suis d'une distraction.... (Il jette une carte.) Je croyais avoir l'as d'atout... c'était un autre.

LE NÉGOCIANT *(radieux.)*

Quarante de besigue, atout de l'as, deux cent cinquante ! Ce n'est pas tout... Le roi ! cinq cents ! Hein ! qu'en dites-vous ? Mille points en un coup ! c'est très-heureux !

L'EMPLOYÉ.

A vous à faire maintenant. Valet de carreau ; le dix de change sera bon.

LE NÉGOCIANT *(de plus en plus radieux.)*

Décidément, c'est trop fort ! Dix de change et cinq cents ! J'ai gagné ! (Il jette les cartes sur la table.)

La partie dure jusqu'à minuit, au milieu de la bière et de la fumée. L'employé perd toujours pour être agréable à son patron, et paie la consommation qui s'élève à sept francs. Le négociant se lève en se disant : Bah ! cette soirée m'a coûté une quinzaine de francs ; c'est bien cher ; mais il m'a peut-être gagné cinq ou six mille francs dans sa journée ! Sous l'empire de ces réflexions, il offre encore un cigare à son employé, avant de prendre

congé de lui ; mais cette fois, ému par
les libations successives qu'il vient de
faire, il se trompe et prend un 15 centimes et l'employé un 25 centimes. Il
s'aperçoit de sa méprise, mais trop tard :
son Havane se tord déjà sous la mous-
tache de l'employé, qui prend cette méprise pour une politesse. Ils se séparent,
et notre négociant se hâte d'aller rejoindre
ses autres admirateurs à la Maison-d'Or,
pour prendre part à un souper où l'on
doit lui présenter une *créature* char-
mante...

Dans cette journée, le négociant a
engraissé !...

Une semaine s'est écoulée depuis cette
soirée ; les jours se suivent et ne se res-
semblent pas. Il est quatre heures de
l'après-midi ; le négociant sort de la
Bourse, qui a baissé d'une façon effray-

ante. Notre homme est aux abois et ne sait sur qui passer sa mauvaise humeur. Il se rappelle sa maison de commerce; il s'y dirige d'un pas furieux. Il entre dans son magasin et demande son employé. — Il est sorti, lui répond-on. — Très bien! je vais l'attendre, fait le négociant, grommelant entre ses dents. (Ici l'employé rentre.)

LE NÉGOCIANT *(furieux.)*

Ah! c'est vous! Vous êtes toujours dehors; on ne vous trouve jamais ici; vous aimez mieux laisser gaspiller ma maison. C'est on ne peut plus drôle!

L'EMPLOYÉ.

Mais, monsieur, vous vous méprenez... je...

LE NÉGOCIANT.

Très bien! monsieur raisonne; je ne

sais plus ce que je dis. Je vous avertis que si cela continue, je serai obligé de vous remplacer.

L'EMPLOYÉ.

Monsieur est certainement de mauvaise humeur.

LE NÉGOCIANT.

De mieux en mieux ! Vous tenez donc à m'exaspérer ? Voilà que vous me manquez de respect. Vous me faites pitié ! Je m'en vais, car je ne sais où je m'arrêterais si j'écoutais plus longtemps vos sottes raisons.

L'employé reste ahuri ; le négociant sort rouge de colère et est sous le coup d'une forte attaque d'apoplexie.

Dans cette journée, le négociant a maigri !...

Il rentre chez lui maussade, fatigué, mécontent de tout et de tous, et cette vie dure *ad vitam æternam. Amen*.

J'ai fini ce petit opuscule de mœurs commerçantes et littéraires, où je n'ai esquissé que fort légèrement cette classe d'hommes que nous coudoyons à chaque instant et qui mérite certainement une plus longue appréciation. Nous nous proposons, en temps et lieu, d'offrir à nos lecteurs le fini de ces tableaux de mœurs qui ne se trouvent qu'à l'état d'ébauche et que nous achèverons de peindre en prenant nos sujets dans cette grande lanterne magique humaine, que nous croyons devoir nommer à juste titre les *Masques de Paris*.

E. STEVENS.

Saint-Quentin. -- Typographie DOLOY et PENET aîné.

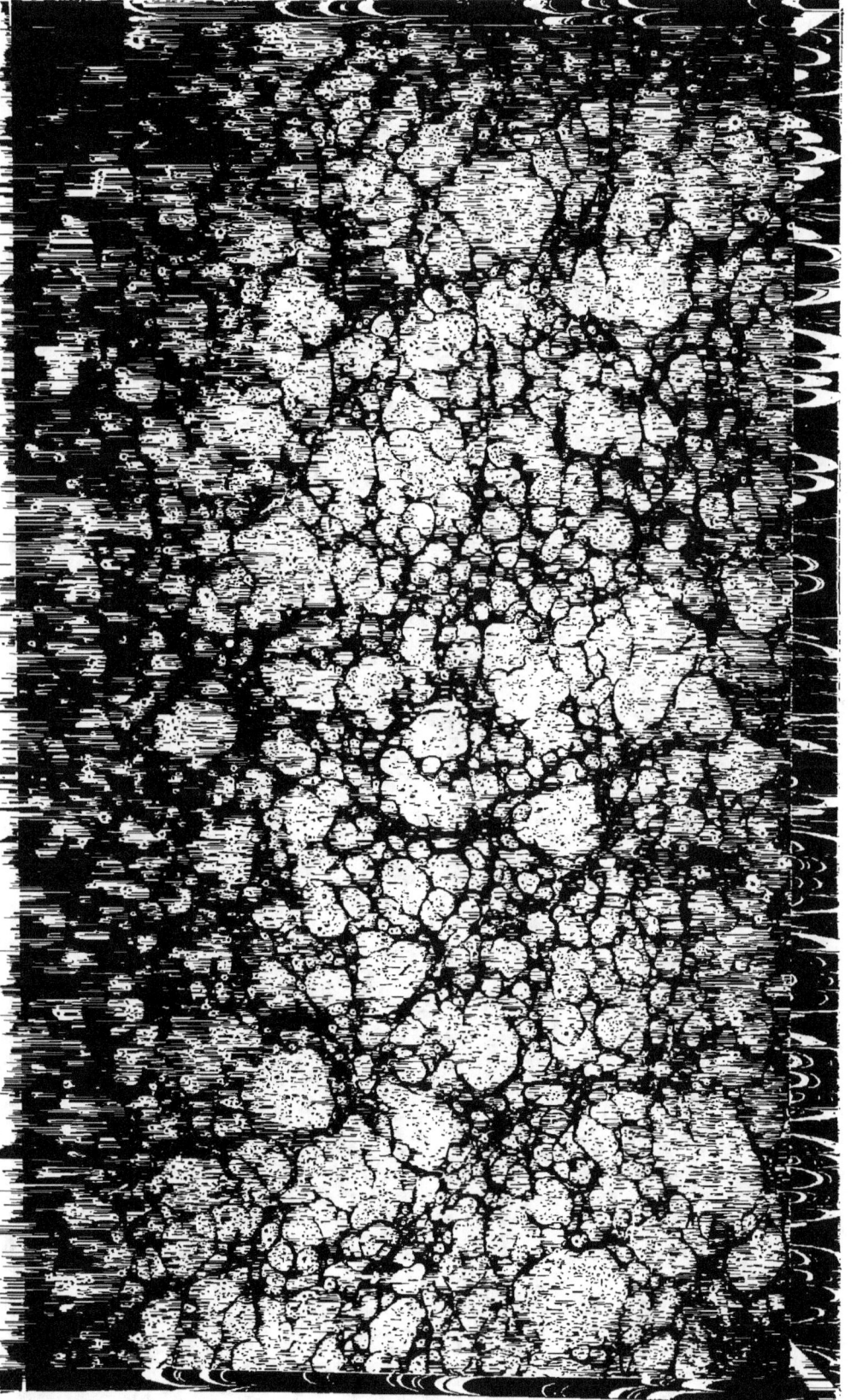

www.ingramcontent.com/pod-product-compliance
Lightning Source LLC
Chambersburg PA
CBHW060825250626
47162CB00005B/1943